Venue de loin

Robert Munsch et Saoussan Askar
Illustrations de **Michael Martchenko**
Texte français de **Christiane Duchesne**

Éditions
SCHOLASTIC

cher ami lecteur,

mon professeur m'a suggéré de
t'écrire.
Je vais te parler de moi.
Je m'appelle Saoussan. J'ai sept ans et
je suis maintenant en deuxième année.
Je viens de très loin.

L'endroit où nous vivions avant était très beau, mais la guerre a éclaté. Dans la chambre où je dormais avec ma sœur, il y avait même des trous dans le mur. Un jour, il y a eu un grand boum *et une partie du toit de notre maison s'est effondrée. Mon père et ma mère ont dit :*

— Il n'y a rien à manger et on nous tire dessus. Nous devons partir.

Papa est parti longtemps. Puis un jour, une lettre est arrivée avec des billets d'avion pour le Canada.

Je ne savais rien sur le Canada, mais le lendemain, j'étais dans un avion qui m'y emmenait. Dès que l'avion a bougé, j'ai été malade. J'ai été malade pendant tout le voyage qui a duré deux jours. Ça ne m'a pas plu du tout. Personne ne voulait s'asseoir près de moi.

Une fois au Canada, papa m'a amenée dans une école. Il m'a montré les toilettes des filles et il m'a dit :

— Sois gentille et écoute bien ton enseignante.

Puis il m'a laissée là.

J'ai été gentille et j'ai écouté mon enseignante, mais je ne comprenais pas ce qu'elle disait parce qu'elle ne parlait pas comme il faut.

Je suis restée assise à écouter. Les enfants essayaient de me parler, mais je ne pouvais pas leur répondre parce que je ne parlais pas anglais.

Quand je voulais aller aux toilettes, je ne savais pas comment dire : « Je veux aller aux toilettes ». Alors je marchais à quatre pattes jusqu'à la porte quand l'enseignante avait le dos tourné et qu'elle regardait de l'autre côté de la classe. Lorsque quelqu'un ouvrait la porte, je sortais à quatre pattes et j'allais aux toilettes. Je revenais et j'attendais à nouveau que quelqu'un ouvre la porte pour rentrer et me rendre jusqu'à mon pupitre à quatre pattes.

Un jour, dans les toilettes, j'ai vu un squelette d'Halloween. Je ne savais pas ce qu'était l'Halloween. J'ai pensé que le squelette était méchant. J'ai pensé que les gens allaient commencer à se tirer dessus. J'ai poussé un très long cri.

— Aaa aaa ahh hhhh!

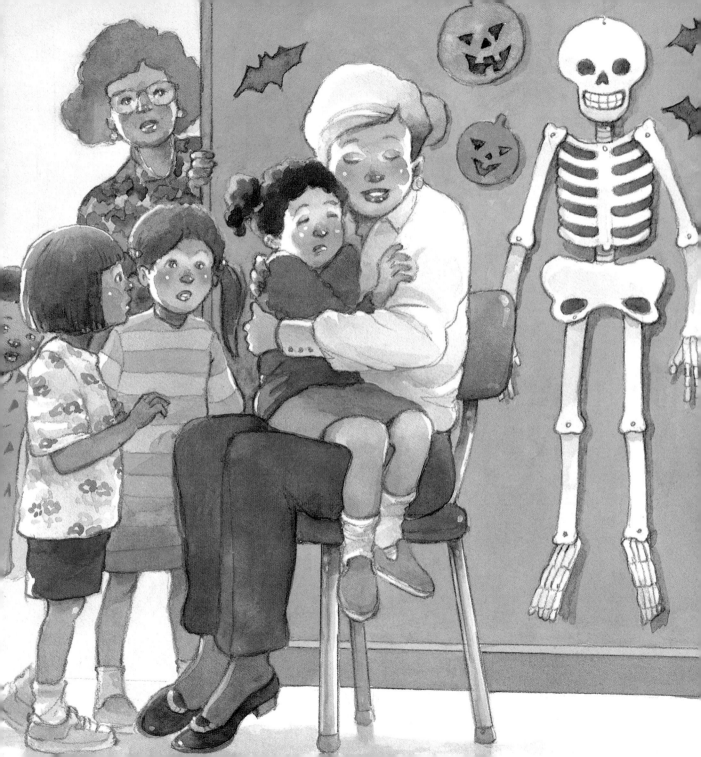

Tout le monde est sorti des classes, croyant que quelqu'un se faisait attaquer dans les toilettes. Mon enseignante a ouvert la porte des toilettes. Elle a essayé de m'expliquer que c'était l'Halloween et que le squelette était en papier.

Je ne la comprenais pas et je ne savais pas ce qu'était l'Halloween. Elle s'est mise à sautiller et à danser pour m'expliquer que l'Halloween, c'était tout simplement pour s'amuser. Moi, j'ai pensé que le squelette l'avait rendue folle, alors j'ai crié encore plus fort :

— Aaa aaa ahh hhhh!

Elle m'a fait un gros câlin pour me rassurer. C'était comme un câlin de maman. J'ai grimpé sur ses genoux, mais j'étais tellement effrayée que j'ai fait pipi. Tout est arrivé trop vite. Je me suis sentie coupable et honteuse et je ne savais pas comment dire : « Je suis désolée ». Une grosse larme a coulé sur ma joue et mes yeux l'ont dit pour moi.

Je suis allée m'asseoir à l'entrée de l'école jusqu'à ce que papa vienne me chercher.

Je pensais que tout le monde à l'école était fou et je ne voulais pas rester là.

Quand papa est arrivé, il m'a expliqué ce qu'était l'Halloween, et il m'a dit qu'ici, les gens n'allaient pas commencer à se tirer dessus.

Pendant longtemps, j'ai fait des cauchemars dans lesquels je voyais des squelettes. Petit à petit, je me suis mise à parler. J'ai appris assez d'anglais pour me faire des amis et j'ai commencé à aimer l'école. Maintenant, je suis dans une classe jumelée de deuxième et de troisième année et je suis la meilleure en lecture et en épellation. Je lis et j'écris des tas d'histoires. L'enseignante se plaint que je parle tout le temps.

Cette année, à l'Halloween, j'ai mis un masque et il y a eu une fête à l'école. Puis j'ai passé l'Halloween dans notre quartier avec ma sœur. Nous avons récolté plein de bonbons, et personne ne nous a tiré dessus de toute la soirée.

J'ai décidé que le Canada était un endroit chouette et j'ai changé mon nom pour Susan, mais ma maman m'a dit de reprendre mon vrai nom, Saoussan.

Mon enseignante de maternelle a quitté notre école, mais parfois quand je la croise au centre commercial, je cours vers elle et je saute dans ses bras. Je voudrais qu'elle soit encore mon enseignante. C'était ma toute première enseignante et elle m'a beaucoup aidée quand j'étais en maternelle.

Mais elle ne me laisse toujours pas m'asseoir sur ses genoux.

Au revoir,

Catalogage avant publication de Bibliothèque et Archives Canada

Munsch, Robert N., 1945-
[From far away. Français]
Venue de loin / auteur, Robert Munsch ; illustrateur, Michael
Martchenko ; traductrice, Christiane Duchesne.

(Munsch, les classiques)
Traduction de : From far away.
ISBN 978-1-4431-4736-1 (couverture souple)

I. Duchesne, Christiane, 1949-, traducteur II. Martchenko, Michael,
illustrateur III. Titre. IV. Titre : From far away. Français
V. Collection : Munsch, Robert N., 1945- Munsch, les classiques

PS8576.U575F7614 2015   jC813'.54   C2015-902731-4

Édition publiée par les Éditions Scholastic, 604, rue King Ouest, Toronto (Ontario)
M5V 1E1 Canada avec la permission d'Annick Press.

5 4 3 2 1   Imprimé au Canada 119   15 16 17 18 19